Bonjour, je m'appelle Eva

Sandrine-Laure REBILLET

A Olivier….

Tu étais le roman de ma vie, je n'étais qu'un chapitre de la tienne…

Du plus loin que je me rappelle, j'ai toujours été fascinée par les rapports entre les hommes et les femmes. Petite fille, déjà, j'étais passionnée par les histoires d'amour et l'attirance qu'ont parfois les petits garçons vers leur petite voisine de classe.

Je me souviens très bien, qu'à l'âge de 6 ans, Nicolas m'avait entrainée dans les toilettes du cours privé que nous fréquentions.
Nous nous étions retrouvés à moitié nus l'un face à l'autre et il avait déposé sur mes lèvres un baiser furtif et maladroit.
Ce tendre moment avait éveillé en moi des sensations que je trouvais très étranges à l'époque, bien que très agréables aussi.

Les années ont passé, l'enfance, l'adolescence…j'adorais flirter, distribuer dans la cours de récréation des baisers humides et sucrés. J 'ai connu mes premières caresses intimes vers l'âge de 15 ans.
C'est à 18 ans que j'ai eu ma première relation sexuelle. Puis tout naturellement, les jeunes hommes, puis les hommes se sont succédés dans ma vie.

J'ai fait de longues études à Londres, toujours auprès de Nicolas.

Les bisous furtifs ont laissé place à des étreintes passionnées et divines.

Nous sommes à force d'amour et de travail, devenus psychiatres.

De retour en France, je me suis mariée, j'ai eu deux filles magnifiques et j'ai exercé ma profession avec passion.

Il y a une dizaine d'années, nous avons décidé, Nicolas et moi de nous associer.

Stéphane nous à rejoint et nous somme devenus le trio d'experts psychiatres le plus redoutable de la place de Paris.

J'ai décidé, en 2009 de me consacrer au comportement sexuel de l'homme, d'étudier leurs fantasmes et leurs frustrations.

Mon expérience de praticien ne m'a fait connaitre que les violeurs et les criminels.

Je me suis aperçue, que je n'avais en réalité qu'une piètre connaissance de la gente masculine.

J'ignorais tous de leurs fantasmes et leurs désirs.

Par contre je savais déjà qu'une sexualité faite de frustrations diverses, entrainait chez l'homme comme chez la femme, des troubles du comportement, avec parfois des conséquences dramatiques

Mes amants de passage m'ont beaucoup aidée, mais je n'obtenais que très rarement les réponses à mes multiples questions.

Un matin, je tombe par hasard, sur une annonce :

« Société suisse, recherche animatrices pour téléphone rose ».

Après une discussion houleuse avec Stéphane et Nico, je décide que c'est définitivement ce qu'il me faut.

-« Est-ce que cinq secondes, tu t'imagines discuter des heures au téléphones avec des types qui se font chier et qui vont se branler au son de ta voix ? ».

Nicolas, comme à son habitude n'approuve pas mon idée, je l'observe derrière mes lunettes, à 45 ans, il est encore très séduisant, peut-être même plus encore qu'il y a vingt ans.

Il très grand, un corps musclé, presque parfait, des cheveux bruns. Et enfin, un regard bleu magnifique qui souligne son teint naturellement halé.

J'aime son élégance nonchalante, ses tenues impeccables et sa voix chaude. Il est sans aucun doute, l'homme dont toutes les femmes rêvent.

J'ai aimé autrefois Nicolas passionnément.

J'ai découvert dans ses bras des caresses et des sensations plus délicieuses les unes que les autres.
Nous avons grandi ensemble, et je suis devenue une femme à ses côtés.

A 28 ans, ne supportant plus ses infidélités, je l'ai quitté la mort dans l'âme.

-« Je trouve que c'est une bonne idée moi ! Il doit y avoir un sacré paquet de pervers en tout genre sur ces réseaux, peut-être même des criminels latents. Essaies, je suis certain que ça va te plaire moi ! ».

Stéphane a toujours le mot pour rire, il nous est parfois très difficile de nous concentrer lorsqu'il est dans une pièce.

C'est un grand professionnel, mais il ne se prend jamais au sérieux et plus que tout il éprouve un réel plaisir à contredire systématiquement Nicolas.

Stéphane est très séduisant, il a un succès fou auprès des femmes.
Nous avons eu par le passé, une relation très agréable, mais plutôt compliquée.
J'ai conservé pour lui une tendresse particulière, et une attirance physique parfois incontrôlable.

Lorsque nous somme seuls tous les deux, il nous arrive de finir la nuit ensemble et de laisser libre court à nos désirs.

Nicolas déteste nous voir arriver au Cabinet tous les deux le matin, ça le rend fou de rage. Nous savons alors qu'il sera odieux toute la journée.

Je décide donc d'envoyer ma candidature à Genève et de faire vibrer au son de ma voix sensuelle la population helvète.
Ca m'amuse beaucoup cette idée.
Quelques jours plus tard, j'ai un long entretien téléphonique avec Amanda, l'une des conseillères de la société, elle est charmante, drôle, très sympathique, nous décidons, que je commencerai dès le lundi.

Je dois enregistrer cinq messages, deux érotiques, deux soft et un dernier message SM.

Pour les deux premiers, je me décris telle que je suis :

-« Bonjour, je m'appelle Eva, je suis brune et bouclée, sensuelle et câline, j'aime le sexe et j'adore les hommes.
Viens partager tes fantasmes avec moi en composant sans attendre le 506. 5…0…6, à très vite.
Je t'attends avec impatience… ».

-« Coucou, moi c'est Eva, pulpeuse et sensuelle, j'adore jouer avec ma langue, j'aime le sexe à deux ou à plusieurs…

Sans tabou et super coquine, je vais te rendre fou de plaisir...
Compose vite le 506... ».

L'annonce SM, me pose un problème, je recommence pendant des heures, nous sans être prise de fous-rires...

-« Bonjour, je m'appelle Eva, brune au yeux noirs, j'aime dominer et mettre les hommes à mes pieds.
Féline et cruelle je vais t'apprendre à m'obéir et faire de toi mon esclave du sexe...
Viens te faire malmener en composant le 5O6...tu va m'adorer... ».

Je fais écouter mes enregistrements à Stéf et à Nico...Stéphane adore, ça l'amuse beaucoup, en revanche, et je ne suis pas étonnée, Nicolas est nettement moins amusé.

Je lui promets de ne consacrer qu' une ou deux heures de temps à autres à cette activité, et de tout stopper quand il me le demandera.

François est mon tout premier client. Il a 73 ans, il est plutôt très entreprenant, un peu cru, et visiblement passionné par les odeurs corporelles.

Il veut que je porte une culotte blanche en coton pendant plusieurs jours, sans me laver et que je la lui envoie.
Il m'a donc laissée son adresse, m'a remerciée chaleureusement, puis il a raccroché.
Je n'ai bien sur jamais envoyé de culotte à François.

Lorsque la conversation est terminée, je suis un peu dubitative, je me rends compte que ça ne va pas être aussi simple que je le pensais.

Et je ne suis pas au bout pas au bout de mes surprises...

La société qui m'emploi, demande aux animatrices une moyenne de 7 minutes par appel.
C'est en quelque sorte, une véritable performance, car il s'avère très difficile parfois de meubler la conversation ou bien de freiner les ardeurs de ces messieurs.

Animer, ce style de réseau, c'est un métier, ça ne s'improvise pas.

Ames sensibles s'abstenir !

Il y a plusieurs catégories d'hommes qui appellent : les très sympas, pas obligatoirement à la recherche d'un orgasme…et les autres…

Le mois de janvier n'en finit pas, ma moyenne est catastrophique, et je me fais rappeler à l'ordre très régulièrement.

Je ne suis plus sure du tout d'avoir eu une bonne idée.

Les appels se suivent et se ressemblent.
J'entends à peu près toutes les insultes et je n'apprends rien de nouveaux quant aux fantasmes des hommes.

Un jeudi, je reçois en milieu d'après midi l'appel d'un homme :

Il s'appelle Olivier, il a 40 ans, divorcé, deux enfants…Sa voix est chaude, agréable, il est charmant, drôle.

Nous parlons de tout et de rien, il me fait rire…je suis en train de fondre, et les minutes s'écoulent à une vitesse folle.

Olivier me raconte qu'il a été joueur de Hockey professionnel, mais qu'il a du renoncer à sa passion à la suite de diverses blessures.

Il a quitté sa femme depuis quelques années et entretient avec elle des rapports très tendus.
Il voit ses 2 filles, P. et E., un week-end sur deux, et le mercredi après midi.

J'apprends aussi qu'il possède une maison au Brésil, et qu'il a crée à Porrentruy dans le canton du Jura, une société spécialisée dans les objets et panneaux publicitaires.

Il me dit encore, que son travail lui prend tout son temps.
En effet, il assume seul le démarchage de sa Société, la comptabilité et le secrétariat.

Il voyage dans l'Europe entière afin d'élargir sa clientèle.

J'ai beaucoup de mal à me comporter avec lui comme avec un banal client.
Je lui dis très peu de chose de moi.
Il me fait rire.

Nous raccrochons un peu à contre cœur, et il me promet de me rappeler très vite.

Nous sommes restés plus d'une heure à rire et à échanger, j'aime sa voix, son accent jurassien, ses éclats de rire.

Le soir venu, mes autres clients me semblent bien ennuyeux, je n'ai pas très envie de sucer virtuellement, ni de les fouetter, ni même d'entendre leur souffle court.

Les hommes qui appellent sur le réseau sont souvent très excités.
 En janvier, je ne suis qu'au début de l'activité, je manque d'expérience.

J'ai du mal à gérer la vulgarité de la plupart de ces hommes.
Je ne parviens pas à me lâcher totalement…

Souvent les hommes voudraient que l'on les accompagne dans leur orgasme.

Je reçois environ 20 appels par jour, je ne m'imagine pas me caresser quelques 150 minutes dans une journée, et encore moins y prendre du plaisir.

Je deviens la championne de la simulation.

Le Vendredi est souvent une journée très dense en appels, et ce jour là je suis un peu dans les nuages.
J'espère au fond de moi, qu'Olivier va appeler de nouveau.
Je n'arrête pas de penser à lui, j'ai un peu honte d'ailleurs, je me trouve un peu idiote d'attendre son appel.

Vers 16h, nouvel appel de la Suisse, c'est enfin lui, il est un peu pressé, il part en déplacement à Barcelone.

Il me raconte qu'il est torse-nu et qu'il aimerait que je sois « vers » lui… ».
(Les Suisses aiment que l'on soit « vers » plutôt que près d'eux…).

Nous restons plus d'une heure au téléphone.

Lorsqu'il raccroche, je suis toute euphorique, ce garçon me fait craquer, il est adorable.

Les jours suivant, je me surprends à penser à lui très souvent.

Je trouve enfin un intérêt à ce petit job.

C'est loin d'être évident de donner du plaisir au téléphone.

Je commence à avoir quelques clients habitués...

Lucka et son accent italien, charmant...

Ses fantasmes m'amusent. Il aime regarder des films pornos avec sa maitresse.
Il me les raconte dans les moindres détails. Il aime les femmes plus âgées que lui, les formes généreuses, les poils et les odeurs fortes.

Il m'explique que sa maitresse lui envoie d'Italie ses sous-vêtements et qu'il se masturbe en les respirant.
Il y a quelque chose de très sensuel chez cet homme, sa voix...sa façon de rendre hommage aux femmes.

Mes conversations avec lui sont agréables, mais étranges.

Lucka reste très courtois, puis au bout de quinze minutes, il a l'habitude, de me dire

-« Et toi ma petite ? Qu'est ce que je trouve sous ta jupe, parle moi de ta chatte ; de ton odeur…est ce que tu mouilles Eva ? ».

Lorsque je commence à me raconter, Lucka raccroche…

C'est toujours le même rituel…

Il y a aussi le timide Claudio, un garçon charmant, qui aime se travestir et qui voudrait que je le domine.
Il se confit à moi sans pudeur, je le trouve touchant.

Il y a bien-sur les clients très excités, très rapides…Quelques habitués, dont Albert, qui respire fort et qui me demande de l'appeler « ma petite pute ».

Dès que je luis dis que je prends sa queue dans ma bouche, il devient fou, et au bout de trois minutes il souffle dans le téléphone

-« Tu es bonne ma chérie…Je vais découiller…oh oui je découille. Merci Eva !!! ».

Les suisses « découillent » ou « giclent », mais ne parlent que très rarement d'éjaculation.

Le samedi soir, il y a Antoine.
Il a une voix incroyablement sensuelle, il veut m'entendre jouir.

J'aime chacun de ses appels, et je dois avouer que l'on se livre à un jeu délicieux.

Au début, j'ai un peu de mal à me laisser aller, puis au fur et à mesure, je me laisse séduire et je ne simule plus.

Antoine est comblé, il m'appelle de plus en plus souvent.

A son retour de Barcelone, Olivier me contacte à nouveau.

C'est un mercredi, il est en train de cuisiner pour ses deux filles.

Nous restons un petit moment à nous découvrir.
Je l'apprécie de plus en plus.

Je suis presque gênée de savoir qu'il paye pour me parler, consciente que la plaisanterie lui coute une fortune.

Il m'appelle de nouveau le vendredi en fin de journée.

Après environ soixante dix minutes de communication, je craque et je prends son numéro de Natel (téléphone portable en suisse).

Je lui envoie vite un SMS, pour qu'il puisse avoir mon numéro.

On s'amuse toute la soirée à s'envoyer des bisous, des calins, des caresses.
Deux ados...

Le dimanche 14 février je reçois un adorable message :

-« *Je te souhaite une bonne Saint Valentin, si toutefois tu es amoureuse* »,

C'est charmant, je réponds aussitôt :

-« *Ca peut te paraitre ridicule, mais je le suis, bonne Saint Valentin à toi aussi Olivier* »...

Il répond très vite :

-« Ce n'est pas ridicule, je le suis aussi Eva… »

C'est stupide, mais ça m'ennuie de mentir à Olivier, il ne connait pas mon vrai prénom, il ne sait pas que j'ai moi aussi deux filles.

Nous échangeons nos adresses mails et je lui dis la vérité.
Dans la foulée je lui envoie une petite photo de moi et j'attends avec impatience qu'il m'envoie la sienne en retour.

Je suis curieuse de voir à quoi ressemble mon bel inconnu.

Olivier, physiquement, n'est à première vue mon style d'homme, il a un visage un peu sévère, 1m80, brun, les yeux très noirs…La photo est mal prise.

Je m'en fiche complètement, je suis déjà amoureuse.

Nous passons nos journées à nous envoyer des Sms.

Nous nous téléphonons le plus souvent possible, j'évite autant que possible de parler de mon activité passagère à Olivier.

Je suppose que pour un homme amoureux, il n'est pas très agréable de savoir que sa compagne donne du plaisir à une bonne centaine de types par semaine.

Souvent j'essaie de le rassurer et de lui expliquer que je ne prends aucun plaisir sexuel au téléphone, que ne rencontrerai jamais ces hommes..
Je lui répète à longueur de temps que je l'aime et qu'il n'a rien à craindre.
Ce n'est pas évident pour lui.

Parfois, il me rappelle que notre relation est toute aussi virtuelle que celles que j'entretiens avec ces types.

Un matin, Olivier m'envoie une photo de lui ou il sourit, il est craquant…Je suis folle de lui.
Je raconte au quotidien à mes deux associés l'évolution de mon coup de cœur pour Olivier.

Je ne le devrais pas, Nicolas ne décolère pas.

-« Je trouvais déjà ton idée de téléphone rose complètement débile, mais là cette fois ça dépasse tout ce que je pouvais imaginer. Tu es donc soit disant amoureuse d'un type que tu ne connais pas, dont tu ne sais rien...Et ça va te mener ou tes conneries ? ».

-« Je ne sais pas Nico, mais je suis bien lorsque nous échangeons des SMS. Au téléphone, il me fait rire, je t'assure qu'il est adorable, et je sens que c'est un mec bien...».

Nicolas pose une main ferme sur mon épaule :

-« Ce que j'essaie de te dire, c'est que ce semblant de relation ne te mènera nulle part. Ton Olivier peut te dire n'importe quoi, s'inventer une vie, et ne jamais exprimer le désir de te rencontrer. ».

Les jours passent, les semaines s'écoulent plus ou moins tranquillement.

Mon amoureux a un drôle de caractère, et je le trouve très lunatique. Il se met parfois en colère pour des broutilles...

Nos disputes prennent alors une tournure exagérément « violente ».

Il me menace de cesser de correspondre avec moi.
Et je mets un temps fou à le ramener au calme.

Son ex-femme vient d'être internée, il a donc récupéré temporairement la garde des ses deux filles, il est débordé mon amour…

C'est très étrange cette impression que j'ai parfois, je ne me l'explique pas.

Olivier passe d'un état à un autre en quelques secondes.
Il est fou d'amour, et l'instant d'après, il est glacial, voir désagréable et agressif.

Il me déroute souvent.

Grace aux suisses, j'apprends peu à peu à mieux comprendre les hommes et leurs fantasmes.
Mes clients dans leur grande majorité, aiment « les salopes distinguées ».

Ils sont à la recherche d'une maitresse virtuelle ou réelle, une femme ultra coquine qui pratique le sexe sans tabou, qui en parle avec sensualité.

La plupart est mariée, et s'emmerde sexuellement.
Les hommes m'avouent qu'ils on renoncé à avouer leurs fantasmes les plus torrides à leur épouse.

Ces hommes ont envie d'expériences nouvelles, de dominer ou d'être dominés. C'est incroyable, le nombre d'hommes qui me racontent qu'ils rêvent de se faire goder par une femme un peu sauvagement.

Les appels dits « SM » sont d'ailleurs très nombreux.

J'ai plusieurs clients qui souhaitent être virtuellement maltraités.

André, n'a aucune expérience dans les jeux de la domination. Il a une cinquantaine d'années.
Il désire être humilié, giflé, mais me demande de ne jamais l'insulter.

« Guide-moi Eva...Je ferai tout ce que tu me demanderas... ».

« Mets toi à genou André, prends ta queue et branle toi pour moi… »

Son souffle devient plus court…

« Oui Eva, demande moi encore… ».

« Passe ta main libre entre tes fesses André, et pénètre toi avec un doigt…fais des vas et viens avec ton doigt… ».

Je laisse André découvrir le plaisir anal. Il adore cela.

« Merci Eva….A demain ».

Au fil des semaines, j'amènerai André à s'offrir son premier gode et à l'utiliser au son de ma voix.

Cette activité m'amuse, je trouve en fait ces hommes plutôt touchants.

Financièrement parlant, c'est une belle arnaque…
Les suisses payent une petite fortune pour quelques instants de plaisirs virtuels.

Les animatrices, quant à elles sont sous-payées.
Afin de toucher un salaire moyen, il leur faudrait passer plus de dix heures au téléphone par jours.
Ce qui est absolument impossible.

Je trouve même cela un peu scandaleux...Les conseillères baratinent à longueur de temps de malheureuses candidates, qui en règle générale abandonnent l'activité au bout de quelques semaines.

Un soir, Olivier m'annonce qu'il reçoit chez lui l'une de ses ex : Romanella.

Il me dit qu'elle est très belle, danseuse à Paris, et qu'elle va s'installer environ une semaine.

Je fais ma première crise de jalousie. Il me promet qu'il ne la touche plus, qu'il n'aime et qu'il ne désire que moi...
C'est notre première vraie dispute.

Je trouve qu'il y a un peu trop de femmes dans sa vie.

Son ex-femme menace sans arrêt de se suicider, elle lui prend beaucoup de son temps.

Lorsque je me fâche, je m'en veux instantanément, je me trouve injuste avec cet homme qui élève seul ses deux petites filles.

J'ai envie de le voir, d'être dans ses bras.

Nos vidéos torrides et nos SMS passionnés ne me suffisent plus.
Nous faisons quotidiennement l'amour au téléphone, mais je n'en peux plus, j'ai besoin de ses mains sur moi.

Nous avons rendez-vous au début du mois de mai.

Olivier doit venir me chercher à la gare de Besançon.

J'ai réservé un hôtel à Montbéliard.

Je prends un TGV gare de Lyon. Je suis impatiente.

J'arrive à Besançon sous une pluie battante, Olivier est en retard, je l'attends dans un bar.

Une bonne demi-heure s'écoule, je le vois s'approcher à travers la vitrine.
Je le trouve très à mon gout, il porte un jean et une veste en cuir, il est adorable.

Il entre enfin dans le bar, il se poste devant moi et dépose sur mes lèvres un baiser timide.
Nous échangeons quelques mots en nous observant, puis décidons de rejoindre sa voiture et de prendre la route pour Montbéliard.

Une fois à l'extérieur, Olivier me prend tendrement dans ses bras. Il plonge son regard dans le mien :

-« J'ai beaucoup de chance, tu es magnifique, je t'aime mon amour ».

Il prend enfin ma bouche dans un baiser passionné et humide.
Dans la voiture, il me serre à nouveau contre lui, passe sa main entre mes cuisses et me caresse à travers mon jeans.
Ses mains viriles fouillent sous mon pull. Je lui rends chacune de ses caresses, j'ai très envie de lui.
Il démarre la voiture, je caresse ses cheveux et je pose ma tête sur son épaule.

Nous sommes bien, nous avons lui et moi l'impression de nous connaitre depuis toujours.

On rigole beaucoup…Olivier est détendu, heureux.

-« Ca fait des mois que je n'avais pas été aussi bien mon cœur, je t'aime »…

Je l'aime aussi, de toutes mes forces. Nous nous arrêtons en route pour prendre un verre. Olivier me regarde avec amour, avec envie, je le sens très très amoureux, ça me rassure…

Nous arrivons à Montbéliard en tout début d'après-midi, nous nous baladons un peu, tendrement enlacés, allons prendre un verre avant de rejoindre mon hôtel.

L'Hôtel Bristol est sans aucun doute le plus confortable et le plus agréable du centre de la petite ville.

Notre chambre est spacieuse et décorée avec beaucoup de gout. La salle de bain est immense.

Il y a des semaines que j'attends cet instant.

Sous les draps, et enfin nus, nous nous caressons longuement, j'aime la douceur de ses mains.
Olivier découvre mon corps avec sa bouche. Il passe sa langue sur mes seins, les caresse avec ses lèvres, puis descend sur mon ventre.

Il vient entre mes cuisses ouvertes et prend mon clitoris dans sa bouche, le mordille divinement…
Je sens sa langue au fond de moi, il se redresse, je m'offre, on se regarde longuement, il passe sa langue dans mon cou et me pénètre tout doucement.
C'est une étreinte, tendre, d'une infinie douceur.

Olivier jouie dans mon ventre, je mords son épaule en étouffant un cri de plaisir…C'est merveilleux.

Nous restons un petit moment l'un près de l'autre, heureux tout simplement, il me dit :

-« Tu sais mon cœur, il y a une éternité qu'une femme n'avait pas posé ses mains sur moi… ».

Il doit partir rencontrer un client important, nous convenons de prendre ensemble le petit déjeuner le lendemain matin.

Je l'accompagne à sa voiture et pars me balader dans la rue commerçante de la ville.

-« *Je suis fou de toi mon amour, je n'ai jamais de ma vie ressenti cela pour une femme… ».*

Je dine seule, enfin pas tout à fait, Olivier m'envoie des messages passionnés.

J'ai choisi un petit restaurant typique excellent. C'est un régal.

Je rentre à l'hôtel, vers 22H30, je n'ai plus aucune nouvelle d'Oli.

Au petit matin, je me prépare avec soin, il est en retard, je m'inquiète un peu. Je reçois enfin un message :

-« Appelle moi vite à ce numéro mon cœur : 07….., je suis dans la merde. ».
Il a changé de numéro de Natel, sa voix est étrange j 'ai l'impression qu'il pleure.

-« C'est horrible mon cœur, la mère des filles s'est suicidée, tu comprends ??? Elle est morte…je suis à la clinique de Bale, je dois prévenir sa famille, les petites… ».

Il est effondré, choqué, je ne sais pas quoi lui dire, je suis complètement impuissante.

-« C'est affreux Oli, tu veux que je vienne ? ».

-« Non mon cœur, je vais m'occuper des formalités, je t'appelle un peu plus tard, je t'aime fort ».

Je prends le train pour Paris, je pense à Olivier.

Ca va être encore plus difficile de gérer ses deux filles à présent.

Je l'admire, il dirige son entreprise d'une main de maître, il déploie une énergie incroyable pour rendre ses deux filles heureuses, il ne se plaint jamais.
Je le trouve formidable.

A mon retour, mes échanges avec Oli se font un peu plus rares, il est débordé et je le comprends.

Je raconte mes dernières 48h à Nicolas, il se montre septique et cela me contrarie.

-« Tu es bien placée pour savoir que les patients suicidaires sont particulièrement surveillés. Je vais me renseigner. ».

J'explose :

-« Tu vas te renseigner de quoi Nicolas ? L'ex-femme d'Olivier est morte, ça ne te suffit pas ? Il n'a pas assez de peine comme ça ? ».

-« Tu lui as demandé comment elle s'était donnée la mort ? Réfléchie ça parait incroyable... ».

-« Excuse moi Nico, je n'ai pas eu la présence d'esprit de poser cette question, pas le cœur non plus...Je sais qu'elle sera enterrée à Bale vendredi après midi, et que l'homme de ma vie est malheureux ».

Nicolas m'observe en silence, je déteste quand il fait ça.

Cela fait des semaines qu'il voit d'un très mauvais œil ma relation avec Oli.

-« L'homme de ta vie…Ca y est les grands mots…Tu ne connais pas ce mec ! Imagine un peu que tu le croises en consultation, ouvre les yeux bordel de merde ! Rien ne tient debout ! ».

-« Tu vas bien m'écouter Nicolas, parce que je n'ai pas l'intention de te répéter ce que je vais te dire maintenant tous les jours. J'aime Olivier, que ça te plaise ou non. Nous avons lui et moi des projets d'avenir. J'ai confiance en lui, et pour la première fois de ma vie j'ai la sensation d'avoir enfin trouvé mon autre…
Il est l'homme qui me fait rêver et qui me fait croire que le grand amour existe, alors une bonne fois pour toute, fous-moi la paix Nico ! ».

-« Ce que tu peux être conne parfois, vas te faire foutre docteur, tu m'emmerdes avec ton mec, garde-le ton grand amour et bosse un peu…».

Parfois, je ne sais pas par quel phénomène étrange, mais j'aimerai gifler Nicolas.

Je n'ai pas du tout envie de regarder Olivier comme un patient, j'ai confiance en lui. Je ne lui pose jamais de question.

Je lui fous une paix royale en fait.

Je prends l'habitude d'attribuer à de la jalousie maladive l'attitude agressive de Nicolas.

Le mois de juin approche, et je décide de rencontrer de nouveau Oli, et de lui présenter ma fille ainée, L...

Il se remet peu à peu, s'organise avec les petites, il travaille comme un fou. J'essaie de lui prendre le moins de temps possible.
Il est enchanté a l'idée d'une nouvelle rencontre.

Début juin, nous prenons donc, ma fille et moi le TGV pour Besançon.
Nous rions beaucoup. Elle est ravie de passer trois jours avec moi avant les épreuves anticipées du bac.

Lorsque nous arrivons, Oli est en retard...Nous nous installons en terrasse et l'attendons avec impatience.

Il arrive enfin, souriant, charmant...
Il prend L. dans ses bras, Il me serre longuement contre lui. Je m'installe à ses

côtés, face à L., il caresse tendrement mon épaule.

-« Excusez-moi, je vais aux toilettes ! ».

Je me lève, entre dans le bar, Olivier m'emboite le pas.
Nous refermons la porte derrière nous et je m'abandonne contre lui, il prend mou cou, ma bouche, glisse sa main sous ma robe.

Je déboutonne son jeans et je caresse sa queue. Ses doigts me fouillent, il me retourne et soulève ma robe. Il colle sa verge entre mes fesses, je me cambre prête à le recevoir…

Nous retournons près de ma fille, qui m'envoie un sourire complice…
Nous prenons la route tous les trois.

Olivier nous fait rire, il nous perd sans arrêt, à ce rythme nous ne serons jamais à Montbéliard.

-« Tu sais L, j'aime ta maman comme un fou, je suis heureux avec elle, et je veux plus que tout vivre à ses côtés le plus rapidement possible… ».

Nous arrivons enfin, nous mangeons un morceau et nous dirigeons vers l'hôtel Bristol.
L repère vite la piscine de l'établissement, elle adore notre chambre.
Elle décide d'aller se baigner, et nous laisser un peu d'intimité.

Olivier m'allonge sur le lit, il retire doucement mon string, je sens sa langue me prendre encore et encore... Nous faisons l'amour longtemps, lentement...
Je ne mords plus son épaule, je ne retiens plus mes cris de plaisirs...
Nos corps sont faits l'un pour l'autre.

Mon amour doit regagner la Suisse vers 16h, la plus jeune de ses filles E. a des soucis à l'école, il doit rencontrer son institutrice.
Nous nous séparons donc à contre cœur et fixons rendez-vous pour le lendemain matin.

Je passe avec ma fille une soirée très sympa.

Le mardi matin, Olivier arrive presque à l'heure et nous allons tous les trois prendre un petit déjeuner au soleil.

L décide d'aller faire un peu de lèche vitrine.

Je reste seule avec Oli, il prend ma main :

-« Tu va gueuler mon cœur, mais je dois partir pour l'Allemagne vers midi, il faut que j'aille chercher du matériel ».

Je l'embrasse tendrement.

-« Ne t'inquiète pas mon amour, ce n'est pas grave, fais ce que tu as à faire… ».

Il reste silencieux quelques minutes puis me prends contre lui :

-« J'ai bien réfléchi, cette situation est invivable, pour toi, pour moi, on va devenir cinglés. Je vais aménager ma maison, préparer E. et P., et vous allez tes filles et toi venir habiter avec nous le plus vite possible. Tu veux bien ? ».

Bien sur que je veux bien, je suis folle de joie. Nous reprenons le chemin de l'hôtel et faisons l'amour avant de nous séparer plein de projets et d'espoir.

Nous rentrons à Paris L et moi le mercredi matin.
Ma fille est sous le charme, elle adore Olivier.

-« Il est fou de toi maman, tu verrais comme il te regarde ! C'est trop génial ».

Trop génial oui, c'est sans aucun doute la formule qui convient…Je suis heureuse, Olivier me comble.

De retour chez moi, j'ai un travail monstrueux au Cabinet.

Je reprends un peu d'activité auprès des suisses. J'ai envie de vacances…

Un soir j'appelle Olivier :

-« Tu sais mon amour, j'ai pensé que nous pourrions partir une semaine au Cap d'Agde ou ailleurs avec les quatre filles. Nous pourrions tous apprendre à nous connaitre et à vivre ensemble, qu'en penses-tu ? ».

Contre toute attente, il n'approuve pas du tout, il est presque agressif :

-« Pas question, cet été, je m'occupe de mes filles, d'ailleurs je pars avec elles huit semaines chez moi au Brésil, c'est comme ça, c'est tout ! ».

Il raccroche.

Je suis stupéfaite, très déçue.

J'ai pris le parti depuis des semaines de fuir les conflits avec Olivier.

Je décide dons de ne pas insister davantage.

Quelques jours plus tard, il m'annonce qu'il partira aux alentours du 20 juillet.

Les jours qui précèdent son départ, il se montre plus attentionné que jamais.
Il parle sans cesse de notre avenir commun, il me déroute totalement.
Nous prenons l'habitude de nous donner des rendez-vous coquins sur MSN, nos conversations sont torrides.

Le 22 juillet, Oli s'envole avec ses deux filles pour Récife au Brésil.

Notre correspondance est toujours aussi intense, je suis rassurée, sereine.

-« Et avec ton suisse, tu en es ou ? Il te donne des nouvelles ? ».

Nicolas me tend une pile de dossiers à étudier.

-« Tout va bien avec mon suisse, qui, soit dit en passant a un prénom. Ils ont un temps magnifique et il profite à fond de ses filles »

Les jours passent, début aout, je reçois un soir un SMS d'Oli :

-« *Mon amour, nous partons demain faire du bateau, ne t'inquiète pas, je t'écris dès que nous rentrons. N'oublie jamais que je t'aime plus que ma vie, et que je t'aimerai toujours.* ».

Je ne sais pas pourquoi, mais ce message me laisse une étrange impression.

Un jour, puis deux, puis trois…Je n'ai plus de nouvelles d'Olivier.
Je suis morte d'inquiétude, l'attente est longue, insupportable, elle dure dix jours.

-« *Coucou, j'étais à Rio et j'avais oublié mon Natel à Récife…Je suis crevé mon cœur, on parle demain si tu veux, je t'aime de toutes mes forces* ».

Je ne réponds même pas, j'attends le lendemain.

Je dois me rendre au Cabinet, Stéphane et Nicolas sont là.

Je les trouve bien silencieux.
Je prends mon courrier et m'installe à mon bureau.
Une enveloppe attire mon attention, je l'ouvre.

Elle contient un bulletin météo de Récife, le calendrier des vacances scolaires en Suisse, et l'adresse d'une Société à Délemont dans le canton du Jura.

Il pleut à Récife depuis la mi-juillet.
Les élèves de Délemont reprennent les cours le 14 aout.
Pour finir, je découvre l'entreprise pour laquelle Olivier est employé en qualité de commercial.

Il m'a menti, il me ment depuis des mois…Je suis furieuse et terriblement malheureuse!

-« Alors Docteur ? Tu ne dis rien ? Il s'est bien foutu de ta gueule l'homme de ta vie ! Tu es complètement aveuglée par ce type…A ce point là c'est grave ! ».

-« Ferme-là Nico ! il y a forcément une explication à tout cela ! Olivier n'est pas un menteur, je suis certaine qu'il a voulu me protéger. ».

-« Tu nous fais chier avec ton Olivier, tu gobes tout ce qu'il te raconte…Tu es ridicule. C'est un mytho ce type. Je t'assure que chez lui le mensonge est une vraie pathologie.».

Nicolas est très en colère, il quitte le bureau en claquant la porte, je reste seule avec Stéphane.

-« S'il te plait Stéphane, dis moi ce que tu penses de tout cela.».

-« J'en pense qu'il t'a menti, que tu es une femme sublime, brillante et que c'est un connard. Tu comprends mon ange ? Soit Olivier se moque de toi parce que c'est un abruti, soit il te cache des morceaux de sa vie parce qu'il t'aime vraiment et qu'il souhaite de protéger. ».

-« Je ne sais plus, tu penses que je dois lui demander des explications ? ».

-« Il est évident que tu l'aimes vraiment, laisse lui peut-être encore un peu de temps.. ».

-« C'est un type bien je t'assure. J'ai confiance en lui, je ne me l'explique pas, mais je crois en cet homme ».

Stéphane passe sa main dans mes cheveux bouclés, il caresse tendrement ma joue.

-« Sois prudente. »

-« Je n'ai pas à l'être, Olivier ne me doit rien, libre à lui de me dire ou non ce qu'il fait de sa vie. ».

Je suis assise sur mon bureau, Stéphane me regarde, il m'attire contre lui, je me laisse aller sur son épaule.
Je déboutonne sa chemise et je laisse courir mes doigts sur son torse. Nous restons de longues minutes silencieux l'un contre l'autre.

-« Stéf, fais moi l'amour … ».

Il me regarde, légèrement amusé.

Il fait glisser la fermeture de ma robe, en quelques seconde je me retrouve nue contre lui.

J'adore la chaleur de son corps. Nous nous caressons longuement et échangeons des baisers humides. Nos langues se mêlent et se cherchent.

Stéphane effleure ma vulve avec son gland puis s'attarde sur mon clitoris. Je le veux en moi.
Je prends sa verge dans ma main et la guide.
Il me pénètre un peu brutalement…
Je m'abandonne…
J'aime ces instants tendres et câlins passés avec lui.

Nous décidons de finir la soirée ensemble dans son appartement.

Lorsque nous sommes seuls chez lui, c'est toujours un moment de pure folie, tout nous fait rire. Même nos torrides étreintes se terminent parfois en d'incroyables crises de rire.

-« Mets toi sur le ventre mon ange, je vais de détendre un peu…je vais te digitopresser… ».

-« Tu vas me quoi Stéphane? ».

Stéphane éclate de rire, j'aime son insouciance, sa joie de vivre…Cet homme est une vraie bouffée d'air frais.

-« C'est un nouveau truc très à la mode. En fait, je vais faire des pressions avec les doigts sur les parties sensibles de ton corps. Tu va voir, c'est extra. ».

Il me fait rire, je décide de lui faire confiance et de le laisser me « digitopresser ».

Je me tourne donc sur le ventre, il commence par mes pieds, remonte sur mes jambes puis mes fesses…c'est excellent, j'adore ça.

Soudain il remonte un peu…et je ressens une douleur aigue dans le bas du dos…je crie !

-« Merde Stéphane ! Qu'est ce que tu fous ? Tu m'as fait hyper mal !!! ».

-« Tu as bougé ! C'est une science précise la digitopression, si tu gigotes sans arrêt, ça peut être dangereux : »…

Il se tient à genou sur le lit derrière moi, il se marre comme un fou, son téléphone sonne,

Nicolas nous attend pour une urgence.

Je me lève, mon dos me fait atrocement mal, je n'arrive pas à marcher.

Je m'engouffre non sans difficultés dans la BMW de Stef...

Rue de Charonne, il me dépose devant le Cabinet :

-« Monte vite ma puce, je vous rejoins dans un moment, si l'autre jaloux nous voit arriver ensemble il va encore faire la gueule. ».

Je l'approuve, nous échangeons un dernier baiser, et je m'éloigne pour retrouver tant bien que mal Nicolas.

-« Qu'est ce que tu as ? Tu marches comme un canard... ».

-« J'ai un peu mal au dos, ce n'est rien, ça va passer ».

Nicolas épluche un dossier, me tend quelques feuilles…

-« Tiens regarde ça et dis moi ce que tu en penses, c'est bizarre. »

La porte du bureau s'ouvre, Stef fait une entrée théâtrale comme à son habitude.

-« Alors qu'est ce qu'il se passe ? ».

Nicolas le regarde, un peu agacé :

-« Nous devons partir pour une urgence sur « Sainte Anne », j'en ai plein le cul de ces dossiers de merde… ».

-« T'es pas le seul à en avoir plein le cul, c'est la soirée visiblement »…

Je regarde Stéphane, j'éclate de rire…Notre complicité rend Nicolas fou de colère.

-« Bon, je n'ai pas besoin de vous. Je vais bosser tout seul, continuez à baiser dans mon dos, je me tire… ».

Nicolas quitte le bureau en claquant violemment la porte derrière lui. J'essaie de le rattraper. Je le rejoins devant l'ascenseur :

-« Reste ici Nico, ne sois pas stupide... ».

-« Stupide ? Mais enfin tu plaisantes ou quoi ? Tu nous fais chier à longueur de journées avec le suisse de mes deux ! Et en plus tu te fais sauter par Stéphane ! Tu sais ce que tu veux oui ou merde à la fin ? ».

« Le suisse de mes deux »... J'ai envie de rire... Je m'abstiens, Nicolas semble vraiment furieux.

-« Arrête Nico, et ne sois pas vulgaire, ça ne te va pas... ».

-« Mais on t'emmerde ma vulgarité et moi ! Tu ne l'es pas vulgaire toi ? Je bosse comme un con pendant que vous vous envoyez en l'air Stéphane et toi !
Alors, allez vous faire foutre tous les deux et prenez l'autre timbré de suisse avec vous tant que vous y êtes ! Merde à la fin, vous me tous faites chier... ».

Je le regarde, complètement médusée...

Sa jalousie me chagrine parfois. Je le retiens par le bras :

-« Attends Nicolas, écoute moi…Laisse moi venir avec toi ! Il est temps que nous parlions toi et moi, tu ne crois pas ? ».

-« Sois gentille, pas ce soir, vas rejoindre Stef, je vous appelle en arrivant à « Sainte Anne ». A plus tard… ».

Je le laisse partir. Je retrouve Stéphane dans son bureau. Il s'est mis au travail.

-« C'est quoi son problème Stéphane ? ».

Il repose son dossier et me regarde longuement, il s'enfonce dans son fauteuil.

-« C'est toi son problème… Nico est raide dingue de toi. Il souffre, c'est clair. ».

Je m'assieds sur son bureau.

-« Mais qu'est ce que je peux faire ? ».

Il me sourit tendrement.

-« Rien, à part peut être, jeter Olivier, et te remettre avec lui…Mais je ne suis pas certain que cela soit ce que toi tu veux ».

-« Je ne souhaite ni rompre avec Olivier, ni envisager une nouvelle relation avec Nicolas. Par contre je supporte de moins en moins de le faire souffrir, j 'ai beaucoup de respect et de tendresse pour lui. ».

-« Parle lui…jouez carte sur table une bonne fois pour toute. Et si tu veux un dernier conseil, réfléchie bien mon ange, fais le bon choix… ».

Stéphane a raison, il est grand temps pour moi d'avoir avec Nicolas une conversation. Je veux vraiment qu'il accepte ma liaison avec Olivier.

Olivier réapparait en Suisse le lendemain comme par enchantement.
Il ne cherche pas à nier qu'il n'était pas au Brésil, ni qu'il n'est pas chef d'entreprise.
Je ne lui demande aucune explication.

-« Je vis seul avec mes 2 filles mon amour et tu es la seule femme dans ma vie. Je t'aime comme jamais je n'ai aimé avant. Je te jure sur la tête de nos quatre filles que je ne te mentirai plus jamais. Je serai un livre ouvert pour toi à présent ».

Je ne demande qu'à le croire, mais malgré la confiance que j'ai en lui, malgré l'amour que je lui porte, quelque chose s'est brisé en moi durant cet été.
Olivier m'a fait souffrir.

Il redouble d'amour et d'attentions et je finis par oublier ces semaines de doutes et de tristesse.
Olivier se livre un peu plus, j'arrive peu à peu à obtenir de lui de vraies confidences.

Un matin, alors que nous sommes sur MSN, il parle de nouveau de notre avenir commun. Il

doit bien-sur préparer ses filles, leur expliquer qu'il compte refaire sa vie avec moi.
Puis il me raconte, qu'avant même d'avoir divorcé de sa première épouse, il a fait un mariage blanc avec une prostituée brésilienne.
Il m'explique qu'elle souhaitait des papiers suisses et qu'il a eu pitié de cette femme.

Si tout se passe bien, il sera libre fin juin 2011.

-« N'aie pas peur mon amour, je ne l'ai jamais touché, et je ne la toucherai jamais. Nous n'avons même jamais vécu ensemble. Tu es la seule femme de ma vie...
Fais moi un sourire mon cœur, je t'aime tellement... ».

Il a l'air si sincère, si sur de lui, si amoureux...

-« Qu'est ce que tu fais mon cœur lundi prochain ? Je meurs d'envie de te voir... ».

Mon cœur explose dans ma poitrine...Enfin un rendez-vous après toutes ces semaines de doutes.

La semaine qui s'écoule est pleine de tendresse d'amour et de promesses et quand enfin arrive le fameux lundi, je brule d'impatience.

Nous avons décidé Oli et moi que nous resterions à Besançon, il s'est débrouillé pour pouvoir passer toute la journée avec moi.
Le train s'arrête enfin, je descends sur le quai, il est là à quelques mètres, je remarque aussitôt son sourire et j'accélère le pas.
Je porte une jupe courte, un haut noir très décolleté, des bas, des hauts talons et une veste en cuir noire, une tenue hyper sexy qu'il adore.

Je me blottie enfin contre lui.

-« Tu m'as tellement manqué mon amour ».

Avant de sortir de la gare nous échangeons un baiser torride, je plaque mon corps contre celui d'Olivier.
Il glisse sa main sous ma jupe, je sens ses doigts sur ma peau.
Nous allons prendre un café en terrasse, il s'amuse du regard un peu envieux que les hommes portent sur moi.

Il a cette façon de me prendre contre lui qui signifie « Elle est très belle mais elle est à moi… ».

Après un nombre incalculable de baisers, de caresses et de mots d'amour, nous décidons d'aller porter mes affaires à l'hôtel.
Il n'a plus sa petite voiture citadine, il roule avec la voiture de la société qui l'emploie. Elle n'est pas très discrète, mais je m'en fiche.

C'est toujours très drôle les trajets avec Oli. Il n'a absolument pas le sens de l'orientation.
Nous faisons une bonne dizaine de fois le tour de la ville, il s'énerve un peu, m'embrasse à tous les feux rouges, ballade ses mains entre mes cuisses, et moi je suis écroulée de rire.
Olivier adore m'entendre rire, et je suis folle de joie de le voir heureux.

Nous trouvons enfin la rue de l'hôtel, il était juste en face la gare…
Il arrête la voiture sur un petit parking, je remarque des ouvriers un peu plus loin.

Olivier se penche sur moi, il prend mes lèvres, et guide ma main entre ses cuisses, je retire sa ceinture, puis je déboutonne son jeans, comme

à son habitude, il ne porte ni boxer ni caleçon, je prends sa queue doucement dans ma main.
Je penche mon visage, et je caresse son gland avec mes lèvres.
Il retire mon string et ses doigts me fouillent, je le prends entièrement dans ma bouche, il adore ça. Je caresse ses couilles du bout des doigts, je sens qu'il va jouir, je veux le recevoir dans ma bouche, je veux sentir son sperme couler dans ma gorge, sa queue est dure, il éjacule, je relève la tête, les ouvriers sont toujours là, ils ont tout vu.
Oli range mon string dans sa poche.

Je me change à l'hôtel et nous allons déjeuner, il fait un temps magnifique.

Olivier me parle de lui, de son enfance, de ses parents avec qui il était fâché et qui sont tous les deux décédés.
De sa sœur qu'il ne voit plus depuis de nombreuses années. Il me dit qu'il lui manque une famille, un noyau sur lequel s'appuyer et que sa solitude est souvent pesante. Je réalise que sa vie n'est pas simple entre ses deux filles et son travail et je me promets d'être un peu moins exigeante à l'avenir.

Après un excellent repas au soleil, nous rejoignons enfin l'intimité de notre chambre.

Nous nous allongeons l'un contre l'autre sans dire un mot.

Nous sommes biens tout simplement. Lentement je passe ma main sous sa chemise, je caresse son torse, il prend doucement mes seins. Je retire ma jupe et je viens me coller contre lui, je frotte ma vulve humide contre sa queue, Je sens son gland durcir sur mon clitoris.
Je me redresse et je m'empale sur sa queue en me laissant glisser, je ne le quitte pas des yeux, je lui souris un peu.
Je lui fais l'amour. Olivier me retourne et vient se plaquer sur mon corps, il me pénètre et je le sens au fond de moi.
Il prend mes seins dans sa bouche, ses vas-et-viens font monter en moi un plaisir incontrôlable.
Je murmure des mots d'amour dans son cou, nous ne faisons plus qu'un.

-« Viens mon amour, viens encore avec moi … ».

Nous jouissons ensemble et restons encore un long moment l'un contre l'autre, complices, heureux, sereins.
Nous nous quittons vers 17h, Oli a tenu sa promesse, il est resté avec moi toute la journée.
On se perd encore un peu dans Besançon, et il me dépose devant le Casino.
Il me serre très fort contre lui et me murmure à l'oreille :

-« N'oublie jamais que je t'aime comme un fou mon amour...A tout bientôt.... ».

Jusque tard le soir, il m'envoie des SMS passionnés, je suis comblée.

Les semaines qui suivent sont beaucoup moins tendres.

Olivier a un comportement bizarre, il est très agressif, je le sens fatigué, inquiet.
Nous nous disputons sans arrêt, son attitude me rappelle celle de l'été passé.

A maintes reprises je lui propose de mettre un terme à notre relation ; mais il refuse.

Il me répète qu'il m'aime, qu'il tient à moi et qu'il aime ce que nous sommes l'un pour l'autre et que l'avenir nous appartient.

Un week-end de novembre, je reçois au Cabinet un étonnant dossier.
Une famille suisse a fait une demande d'internement pour un homme d'une quarantaine d'années.

Il est alcoolique, violent, irresponsable et apparemment dangereux pour lui-même et pour son entourage. En particulier pour ses enfants, qu'il maltraiterait avec violence.

Mes associés s'apprêtent à valider la demande, j'étudie le dossier et je demande un complément d'information avant de signer.

Mon cœur cesse de battre une fraction de seconde, le fou alcoolique et violent n'est autre qu'Olivier... Je n'en reviens pas.

Je découvre toute sa vie, son passé, son présent...Son avenir, quant à lui dépend maintenant de moi.

Olivier s'est marié, il y a environ 17 ans, de cette union sont nés, une fille, P et un petit garçon, A. âgé aujourd'hui de 11 ans.

Il a rencontré une danseuse Brésilienne et il s'est séparé de sa première épouse. Il a eu une seconde fille, E. ... Il a quitté de nouveau le foyer pour vivre avec la femme qui partage sa vie aujourd'hui.

Je découvre la photo des trois enfants ainsi que celles de leur maman.
La première épouse d'Olivier est charmante et bien vivante.
La brésilienne semble âgée et marquée.
Les trois petits sont adorables et ressemblent beaucoup à leur père.

Dans la foulée, je découvre également le visage de la compagne actuelle d'Olivier, K.

Je crois que je vais m'étouffer !

Cette femme est monstrueuse !
Sur la photo elle porte une jupe longue et un top vert.
Ses cheveux sont blonds et filasses, elle a le teint jaune, les yeux bouffis et injectés de sang.

J'apprends qu'elle est alcoolique et que c'est une ancienne toxicomane.

Les parents d'Olivier ne sont pas morts, il a avec eux des rapports très difficiles, presque violents.

Sa première épouse, lui reproche son infidélité, son alcoolisme, son incapacité à contribuer aux dépenses du foyer, mais aussi son incontrôlable violence.

Il l'aurait à plusieurs reprises ruée de coups.

Elle dira même que lorsqu'il regagnait, ivre mort, le domicile conjugal après une nuit passée avec ses maitresses prostituées, il la violait brutalement lorsqu'elle se refusait à lui.

Je suis effrayée.

Je découvre également des clichés d'Olivier, il n'a plus rien à voir avec l'homme que j'aime, il a effectivement l'air d'un alcoolique.

Je suis désespérée.

Le lendemain matin je parviens enfin à le joindre, c'est d'abord de sa compagne dont il est question :

-« Ecoute mon cœur, je n'aime pas cette femme, j'habite sous le même toit qu'elle, je ne la touche pas, je travaille avec elle et c'est tout. C'est toi la femme de ma vie, je t'aime mon cœur, ne déconne pas ! ».

-« Je ne comprends pas Olivier ! Comment as-tu pu me mentir à ce point ? Tu es complètement cinglé ou quoi ? Je t'aimais tellement ».

Il ricane.

-« Ne parle pas de nous au passé mon amour. Tu sais mieux que personne que tu m'aimes toujours. Je ne t'ai pas parlé de K, parce que pour moi, elle n'existe pas. Il n'y que toi dans ma vie, mes trois enfants et tes deux filles.
Crois moi je t'en supplie ! ».

J'éclate en sanglots :

-« Ferme-là Olivier ! Tu m'as menti depuis le début...Tu n'es qu'un sale con ! Je vais te faire enfermer mon vieux :!».

-« Tu ne vas rien faire du tout ! Arrête de pleurer mon amour, tu es la seule femme qui compte pour moi.

K m'héberge et c'est tout.
Je l'ai connu à une époque de ma vie ou j'étais dans la merde. Elle m'a proposé un toit, du boulot et la situation est claire entre elle et moi. Fais-moi confiance mon cœur… ».

Je suis furieuse, il refuse de se rendre compte que je suis terriblement blessée et déçue.

Mais pire il ne semble pas réaliser qu'il est en danger et qu'il a besoin d'aide. Il ne comprend pas que son attitude, le mal qu'il fait à ses parents, aux femmes de sa vie est en train de compromettre sérieusement sa liberté.

Son entourage est prêt à aller jusqu'au bout de la procédure.

Olivier m'insulte, me menace, j'essaie de l'aider mais en vain.

Un samedi matin, alors que nous échangeons quelques SMS, il m'avoue qu'il a peur, sa sœur et son beau-frère passent et repassent devant chez lui.

Effectivement, le père d'Olivier fête le soir même son anniversaire dans le restaurant voisin. Je trouve cette initiative un peu provocatrice.

Oli est furieux, il perd pied, il est traqué, épuisé…
Soudain, je ne suis plus certaine du tout que les accusations qui pèsent sur lui, soient réellement fondées. Il me demande de lui téléphoner.

-« Aide moi mon cœur, je t'en supplie, je n'ai que toi, tu ne peux pas les croire, pas toi !!! Aide-moi… ».

En l'espace de quelques secondes, je revoie ces mois passés à ses côtés, sa tendresse, ses mots d'amour, la douceur infinie de nos étreintes.

Il m'a menti, c'est indéniable, mais cela ne fait pas de lui ni un violeur ni un fou dangereux.

- « Je vais t'aider Oli, je te le promets ».

-« Jure moi mon cœur que tu as confiance en moi et que tu ne me quitteras jamais ! ».

-« Je t'aime Olivier…comme jamais je n'ai aimé un homme…Je suis prêt de toi… ».

Mes deux associés et moi-même, avons une solide réputation, nous pouvons effectivement faire stopper la procédure contre Olivier. L'idéal serait un retournement de situation, c'est-à-dire que lui-même attaque sa propre famille, qu'il prouve qu'il est victime de calomnies monstrueuses et qu'il retrouve à jamais sa dignité.

Je consulte Stéphane et Nicolas.

Nous décidons de nous entourer de ténors du barreau et de nous jeter dans la bataille.

Le dimanche soir, nous informons officiellement Olivier que nous serons désormais quoiqu'il arrive à ses côtés. Je reçois des dizaines de SMS :

« Je t'aime mon amour, je veux vivre avec toi, tu es la femme de ma vie »...

« Ca va être un combat sans pitié mon amour, mais je vais prouver à la toute la Suisse que tu es le plus merveilleux des hommes. Je ne t'abandonnerai pas. A partir d'aujourd'hui, tu es ma priorité. Je t'aime Oli. ».

Les jours qui suivent sont particulièrement éprouvant, j'entends et je lis toutes sortes d'horreurs à propos d'Olivier.
Il aurait violé et battu sa première femme, il aurait également eu un comportement compulsif très violent avec son fils.

J'apprends également qu'il se serait prostitué, et qu'il aurait des tendances pédophiles.

Je suis effondrée, épuisée…

Reconstituer le dossier d'Olivier est un travail titanesque, je cherche jours et nuits le détail qui pourrait le sauver.

Notre amour est mis à rude épreuve, je n'ai de cesse de le rassurer, d'apaiser son stress.
Nous subissons toutes sortes de pressions, c'est insupportable pour lui comme pour moi.
Stéphane et Nicolas doutent parfois, il y a tellement de témoignages contre Oli.

Je passe ma vie à tenter de les convaincre que l'homme que j'aime est un type bien.

Le témoignage de ses propres enfants est accablant. Ils maintiennent que leur père est violent, qu'il boit plus que raison.
Sa fille ainée, P., se souvient d'avoir vu son père menacer d'une arme chargée sa maman.
Mais peu à peu, je trouve un peu de réconfort auprès d'elle. P. souffre terriblement de la situation.

La relation d'Olivier avec K. ne fait rien pour arranger notre système de défense.

Cette femme jouit d'une très mauvaise réputation, son alcoolisme est notoire, et elle terrorise les enfants d'Oli.
Ils me racontent qu'elle le pousse à les frapper et qu'elle rit comme une folle hystérique lorsqu'ils ont peur.
Je ne suis pas étonnée, elle porte la cruauté sur son visage. Cette femme est destructrice.

Nous décidons que je rencontrerai Olivier à Paris au début du mois de décembre.
Malgré la situation nous sommes impatients de nous voir.
Nos échanges sont de plus en plus passionnés, curieusement toute cette affaire nous rapproche.

Nous prenons l'habitude de faire l'amour par webcam interposée. Souvent quand il passe à son bureau nous « chatons » sur MSN.

Je prends des crises de rire monstrueuses quand il me dit :

« Tu n'as même pas idée comme j'ai envie de toi mon cœur… »,

Je lui demande en riant de me montrer, et il s'exécute…
 Nous sommes bien ensemble.

Il me répète chaque jour qu'il va quitter K., qu'il éprouve pour elle de l'affection mais certainement pas de l'amour.
Ca ne me rassure pas forcément, cette femme est laide, dépressive, suicidaire…
Elle a sous son toit un homme séduisant, drôle, intelligent, qui contribue aux dépenses…

Elle ne va pas le lâcher aussi facilement que le croit Olivier.
Il me soutient que la situation est claire et qu'il n'y a pas d'amour entre eux deux.

Le vendredi 3 décembre, nous avons rendez-vous gare de l'Est, le train d'Oli doit arriver vers 11H. Je l'attends avec Stéphane.

Quand il arrive enfin, il me prend longuement dans ses bras, je lui trouve un air fatigué.

Stéphane, est le spécialiste du comportement. J'attends beaucoup de son jugement, il observe longuement Olivier, lui parle un peu de nos démarches, et prend congé.

Je déjeune en tête à tête avec l'homme que j'aime, nous rions beaucoup, puis rejoignons notre hôtel.

Quand je referme la porte, Olivier me prend longuement contre lui, il m'attire vers le lit, nous faisons l'amour doucement, tendrement, plusieurs fois, nos deux corps ont besoin l'un de l'autre.

Vers 16h, nous nous arrachons à nos étreintes, je dois travailler un peu.

Je reçois un message de Stéphane :

« Reste prudente ma belle, Olivier est certainement toujours alcoolique, son

visage est très marqué, par contre il est fou de toi, le regard ne ment pas, ses yeux pétillent dès que tu lui parles… ».

Je suis déroutée, je n'ai jamais douté un seul instant de l'amour qu'Oli me portait, par contre son alcoolisme me déplait, m'inquiète.

Nous parlons beaucoup cet après-midi là, et je suis convaincue qu'il est incapable ni de violer une femme, ni de faire du mal à un enfant. Olivier est infidèle, menteur, certainement alcoolique mais pas violent.

Nous sortons diner, et passons une soirée très agréable.
Sur le chemin du retour, nous nous arrêtons pour prendre un café, je m'absente quelques minutes pour aller aux toilettes et à mon retour je le surprends à envoyer des SMS à je ne sais qui.
Je trouve cela irrespectueux et je suis furieuse.
Il m'explique que la sœur de sa compagne vit à Paris et qu'elle pensait le voir.
Je suis hors de moi.

En arrivant à l'hôtel, j'explose !

-« Tu vas arrêter de me raconter des conneries Olivier ! J'en ai plein le cul de tes mensonges ! Il va vraiment falloir que tu choisisses ce que tu veux et que tu te comportes comme un vrai mec pur une fois …».

On se couche, encore un peu fâchés.
Je lui fais l'amour comme jamais et m'endors contre lui. Notre première nuit en amoureux…

Au réveil ; Oli vient se blottir contre moi.

Nous restons longtemps enlacés, il me fait l'amour avec passion.

Nous nous quittons vers 14h sur le quai de la gare, il est triste. Je le rassure, nous n'en finissons plus de nous embrasser.

Dans le train qui me ramène chez moi, je réfléchie, ça ne peut plus durer, je ne veux plus vivre loin de l'homme que j'aime, je dois trouver une solution pour me rapprocher de lui. Je lui fais part dans la soirée de ma décision. Il est fou de joie, il m'écrit que c'est son rêve qui se réalise, que je fais de lui l'homme le plus heureux du monde.

« Mon cœur, je ne voudrais jamais avoir me réveiller…tu es sérieuse, tu vas t'installer à Montbéliard ? ».

« Oui mon amour, je ne te demande pas de quitter K., mais si je me rapproche de toi, nous pourrons nous voir plus souvent. Et tu seras enfin heureux ».

« Que ce soit bien clair jeune fille ! C'est avec toi que je vais vivre maintenant…Jamais un mec sur cette terre ne t'a aimée comme je t'aime ».

« Je veux que tu prennes ton temps Oli, elle ne mérite pas que tu la fasses souffrir. Prends le temps de réfléchir…Nous avons la vie devant nous pour nous aimer. ».

« C'est tout réfléchi ! Quand vas-tu comprendre que je n'aime que toi…Je suis à toi mon amour… »

« Je suis à toi aussi Olivier…Et j'ai confiance en toi ».

« Tu as vachement intérêt jeune fille ! ».

Il me fait rire lorsqu'il m'écrit que j'ai « vachement intérêt »....

Les jours qui suivent sont idyllique.
Le vendredi 10 décembre, en milieu d'après midi, je vois Olivier sur MSN, il est ivre, il s'endort sous mes yeux...

Ca me brise le cœur de le voir se détruire, il se défend en me disant qu'il est épuisé, je veux bien le croire.

Le lendemain, il est avec la plus jeune de ses filles E., vers 19h00, je reçois un SMS :

« J'offre une pizza et le cinéma à E. j'ai besoin d'une soirée tendre avec ma fille. Je t'aime mon cœur...calinsss... ».

J'essaie de lui répondre, mais il a coupé son Natel.

Ca me rend folle quand il fait cela. Nous passons notre nuit, Nicolas et moi à essayer de le joindre.

Au petit matin, il nous dira qu'il n'avait plus de crédit, pour la première fois je ne le crois pas.

En fait je ne supporte plus la situation.

J'explique à Nicolas et à Stéphane, que jamais nous ne pourrons sauver Olivier tant qu'il sera sous le toit de cette femme.

Plus le temps passe et plus je suis persuadée qu'elle est la cause de ses ennuis, ils doivent de l'argent à la moitié du canton du Jura.

Le lundi, Olivier est effondré, il a peur de me perdre, peur aussi que je ne crois plus en lui.
Jusqu'ici personne avant moi ne lui avait fait confiance.
Il me dit à nouveau qu'il va quitter K., il me le promet.

Nous passons notre journée au téléphone, je cherche un appartement près de Montbéliard.

Le soir même, je reçois un message :

« Madame, je suis au courant de tout, si vous aimez Olivier. Gardez-le»…

C'est évidement la pocharde névrosée qui a découvert ma relation avec Oli.

Le lendemain matin, ce dernier m'annonce qu'il est licencié et qu'il la quitte.
Ca ne me réjouis pas du tout.
Il n'a pas d'argent, plus de travail et j'ai peur pour lui.
Je décide de lui envoyer un mandat « western Union ».

Il me demande de le rejoindre dès le vendredi.
Je fais part de mes inquiétudes à Nico et à Stéphane.

Je ne crois pas un instant qu'Olivier ait pu être licencié, juste parce que la folle a trouvé trois mails dans son ordinateur.

Ca ne tourne pas rond. Olivier est un bosseur…

Nous apprendrons bien plus tard, que K. avait depuis très longtemps des soupçons quant à la fidélité d'Olivier.
Afin de se venger, et de conserver sur lui toute son emprise, elle surveillait entre autre, le kilométrage de sa voiture de fonction.

Pire encore, afin qu'Oli n'atteigne pas ses objectifs commerciaux, les demandes de devis étaient systématiquement distribuées à l'autre attachée commerciale de la société.

Olivier s'est trouvé un petit hôtel à Porrentruy et nous attendons avec impatience de nous retrouver.

Avant mon départ pour Montbéliard, il prend le temps d''expliquer à mes filles que la situation a changé et que nous formons désormais lui et moi un vrai couple et que bientôt nous serons tous ensemble, une famille.

Sa démarche me touche beaucoup.

Je décide de rester 5 jours avec Oli…Un grand pas vers notre bonheur.
Cependant, Stéphane et Nico me demandent de rester prudente et décident de séjourner également à Montbéliard, et de nous rencontrer Oli et moi dès le lundi.

Après une journée horrible dans le train je retrouve enfin mon amour. Il est épuisé mon Olivier…J'ai envie de le rendre heureux.

Nos déplacements sont laborieux, il a beaucoup neigé et nous évoluons sur une véritable patinoire, je m'accroche à lui en hurlant, il est hilare.

Dès que nous retrouvons l'intimité de notre chambre nous faisons l'amour comme des fous. Nous parlons enfin de notre avenir. Olivier se détend peu à peu, je le fais rire en me cognant la tête toutes les cinq minutes contre le lit.

On s'endort dans les bras l'un de l'autre. Je l'aime comme une dingue.

Le réveil, le samedi matin est un peu mouvementé. K. lui a envoyé des messages tous plus délirant les uns que les autres, il n'a plus de crédit, je lui prête mon téléphone, il sort pour l'appeler.
A son retour, il m'annonce qu'il doit aller la voir, des inconnus ont rôdé autour de chez elle toute la nuit, elle a très peur.

Je suis furieuse, Je décide de lui téléphoner. Cette femme est complètement cinglée, elle me dit qu'elle va se réfugier au premier poste de police.

Je conseille à Olivier, de la laisser à ses délires de femme malade. Nous partons faire des courses, il a besoin de gel douche, et de rasoirs…

Je reçois un appel du soit disant poste de Police de Porrentruy, mon interlocuteur demande à parler à Oli.

C'est surréaliste.

Pendant la communication, je préviens Nico et Stef.

A son retour Olivier semble excédé, nous décidons d'aller nous détendre dans un bar près de l'hôtel.
Je transmets à Nicolas le numéro du correspondant que j'ai passé à Oli…Il s'agit d'un particulier, en aucun cas du poste de Police jurassien.
C'est pitoyable.
Je décide de passer un moment agréable avec l'homme de ma vie.

Le bar est sympa, nous buvons des bières, nous jouons au Baby-foot

Nous sommes heureux comme tous les amoureux de la terre.

Nicolas, qui du bar nous a observé discrètement un petit moment me dira plus tard que nous formons un couple magnifique, que nous rayonnons.

Nous quittons le bar dans la soirée, j'essaie d'expliquer à Olivier qu'il se fait manipuler par K. Je suis en colère contre lui, je le voudrais plus battant, plus sur de lui.

J'estime qu'il n'a rien à se reprocher, et qu'il ne doit rien à personne et de ce fait qu'il doit se comporter comme tel.

Je me couche fâchée.

Le dimanche matin, le calme et la tendresse, sont de nouveau au rendez-vous., nous sortons déjeuner et finalement nous décidons de rentrer à l'hôtel faire une sieste.
Oli regarde un film, je m'endors contre son épaule. J'aime le respirer et poser mes lèvres sur sa peau.
Je me réveille et je le caresse doucement.

-« Tu pourrais me faire jouir juste en me caressant mon amour ».

Il prend mes seins dans sa bouche, nous échangeons de longs baisers passionnés et humides, je viens me coller contre lui, je frotte ma vulve contre ses lèvres, il caresse mes seins, je jouie dans sa bouche.

Nous avons envie d'un bon restaurant que nous trouvons non sans difficulté.
Olivier me fait part de sa lassitude, je lui propose de rencontrer son père mi-janvier, il accepte.

Vers 21h30, je consulte mes messages, il y a une bonne dizaine d'appels en absence de K. et plusieurs SMS, plus délirant les uns que les autres :

« J'ai peur, dites à votre amant de m'appeler ».

Cette femme est complètement folle.
Elle me rappelle certaines patientes par sa paranoïa.
Je suis convaincue qu'elle est dangereuse.
Je pourrais éteindre mes téléphones et rentrer sereinement à l'hôtel avec Olivier, mais il m'est

impossible de lui mentir, je lui montre donc les messages et lui suggère de rappeler K pendant que je commande un taxi.

Sur le chemin du retour, Oli est furieux. L'hystérique avinée lui a raconté que l'avocat avec qui nous travaillons en Suisse, a dit à la Police qu'il n'était au courant de nos démarches.
Ca devrait me faire rire, mais ça ne m'amuse plus du tout ce cirque.

J'apprendrai plus tard, que l'avocat de Porrentruy était absent ce week-end là. Personne ne l'a jamais contacté, et si cela avait été le cas, il n'aurait bien sur donné aucune information ni à l'ivrognesse, ni à son camé de frère.

Olivier se comporte comme une marionnette terrorisée dans les mains d'une névrosée alcoolique.

Dans la chambre Oli m'annonce qu'il doit rentrer, qu'elle va venir le chercher, que c'est le seul moyen pour qu'elle nous laisse tranquilles, je m'effondre.

Il me prend dans ses bras :

-« Ne pleure pas mon cœur, donne moi deux jours, on a toute la vie pour être ensemble, Je ne l'aime pas tu le sais, c'est toi que je veux ».

-« Elle te raconte n'importe quoi Olivier. Mais merde !!! Ouvre les yeux ! ».

-« Mais je sais mon amour, mais elle est capable de faire une connerie, elle n'a pas ta force. Elle m'a déjà fait du chantage au suicide. Elle est folle, tu comprends ? Laisse-moi jusqu'à demain, je t'en supplie ».

Je suis tellement épuisée que je le laisse partir sans dire un mot.

Je contacte Nicolas et Stéphane, ils sont abasourdis. Ils me demandent de m'enfermer et d'être prudente.

On frappe à la porte, je vais ouvrir, c'est K, suivie d'Olivier. Cette folle me demande d'un ton très solennel de « décliner mon identité », elle empeste l'alcool…

Elle est encore plus jaune que sur les photos .Elle ressemble à un Simpson…
J'ai presque envie de rire.

Je me souviens, à cet instant précis des SMS d'Olivier :

« Ne t'inquiète pas mon cœur, je vais quitter Carabosse. Je ne supporte plus de croiser cette femme tous les jours, elle me dégoute. ».

Ses cheveux sont sales, ses ongles sont en deuil, elle a la bouche pâteuse, elle porte un pull horrible grisâtre. Elle tient à peine debout.

C'est un remède contre l'amour cette femme. Je me demande en silence comment Olivier, si exigeant envers moi, peut s'afficher avec une telle horreur.
Je comprends mieux son besoin maladif de rencontrer d'autres femmes.

Elle s'assied contre le radiateur, et ne parvient pas à soutenir mon regard, elle s'exprime lentement. Elle fume cigarette sur cigarette, sa main tremble.
Pour avoir rencontré un grand nombre de femmes détruites par les stupéfiants et l'alcool, je peux rapidement affirmer que la pauvre chose vautrée à même le sol de ma chambre d'hôtel, est totalement dépendante.
Elle est complètement hors sujet.

Elle m'avoue sans gène aucune, qu'elle n'a aucune vie intime avec Olivier, et cela depuis de nombreux mois.
Elle le décrit comme étant un homme immature, menteur, infidèle, et fainéant.
Je suis ulcérée.
J'ai soudain pitié de l'homme que j'ai tant aimé.
Malgré ses défauts, j'estime qu'Oli a le droit avant tout au respect.
C'est un homme qui ignore tout de l'amour et qui a besoin que l'on s'occupe de lui, qu'on l'aime et que le valorise.
Il n'a certainement pas besoin dans sa vie d'une pocharde frustrée qui se croit indispensable parce qu'elle lui offre le gîte et le couvert.
Aimé et apprécié à sa juste valeur, Olivier est parfaitement en mesure d'assumer un foyer, une femme et des enfants. Il suffirait de croire en lui et de lui accorder un peu d'attention et d'amour.

Elle ne réalise pas, je pense qu'elle a pulvérisé en un week-end les seules chances qu'Oli avait de se sortir de ses emmerdes.

Il est évident pour moi, lorsque je la regarde, qu'elle emploie le peu d'énergie qu'il lui reste à entrainer Olivier dans sa chute infernale.

J'ai face à moi une femme terriblement malade, méchante et obsessionnellement destructrice.

Olivier, quant à lui, nous tourne le dos, il s'est assis sur le lit, il ne dit plus rien.
Elle le manipule.
Entre les mains de cette sorcière immonde l'homme que j'aime n'est plus rien.

Il n'ose plus s'adresser à moi.

C'est affligeant...

Lorsqu'ils s'en vont enfin, il n'a pas un regard pour moi, je fais un malaise.

Stef et Nico ne tardent pas à arriver.
Ils sont effarés, me conduisent à l'hôpital, puis nous allons déposer une plainte au commissariat de Montbéliard, avant de prendre la route pour Paris.

Je suis épuisée, terriblement déçue, l'attitude d'Olivier est inqualifiable.

Je suis convoquée dès le lendemain chez les avocats qui trouvent à juste titre que j'ai manqué de professionnalisme.

Malgré moi, je dois revenir sur toutes mes dépositions. Je dois accuser l'homme que j'aime, c'est horrible.

Aux yeux de ces hommes de loi, il est maintenant évident qu'Olivier est bel et bien coupable de tout ce dont il est accusé et selon eux son comportement ignoble vis-à-vis de moi prouve qu'il est bon à enfermer.

Je suis obligée de reconnaitre que 'j'ai aveuglément défendu Olivier.

Nicolas et Stéphane ne parviennent pas à lui pardonner.

Olivier et sa folle furieuse ont tout gâché. Nous ne pouvons plus faire marche arrière et c'est le cœur brisé, que je signe les papiers du célèbre cabinet d'avocats parisien.

Olivier redevient vulnérable et à la merci d'une nouvelle demande d'internement.

La seule chose que je puisse faire est de lui signer un certificat sur lequel je déclare sur l'honneur qu'il n'est ni violent ni pervers.

De retour chez moi je reste en contact avec Oli, il est désemparé, il se rend compte du mal qu'il m'a fait, et j'en suis certaine, il sait déjà qu'il est en train de gâcher sa vie ou plus exactement, notre vie.
Il s'est provisoirement installé à Délemont chez la maman d'E.

Nous nous parlons tous les jours au téléphone et nous continuons de nous bombarder de SMS.

Il correspond aussi beaucoup avec Nicolas, il lui avoue qu'il tient énormément à moi et que je suis la femme de sa vie. Nico n'en doute pas, il lui parait évident qu'Oli est toujours éperdument amoureux de moi, mais qu'il subit des pressions de la part de la folle et de sa famille.

« Protège-la Nicolas, je te le demande. Je reviendrais la chercher. Je ne peux pas vivre sans elle. ».

« Je te le promets Olivier, je vais faire en sorte qu'elle t'attende. ».

« Fais lui comprendre que je n'aime qu'elle, je t'en supplie Nico... »

Plus tard dans la semaine qui suit mon retour de Franche-Comté, le frère de K se met à me téléphoner et à me tenir des discours complètement incohérents.

C'est un ancien toxicomane, il a fait plusieurs cures de désintoxication.
Il me menace en tenant des propos complètement délirant, j'entends K qui ricane….Deux cinglés….

Le 30 décembre, les trois enfants d'Olivier donnent un spectacle de danse.
Je le mets en garde, ses parents seront présents, je lui interdits de répondre à toute forme de provocation. Je suis très inquiète.
Vers 20h30, je reçois un premier SMS :

-« **Ils m'ont agressé, j'ai peur, appelle moi vite, je t'en supplie ne m'abandonne pas** ».

Je ne peux pas le rappeler, je suis en conférence. Nnous essayons Nico et moi de trouver les mots pour le calmer.
Oli semble totalement à la déroute.
Je le rassure, le console, je fais tout ce qui est en mon pouvoir pour l'apaiser.

A la fin du spectacle des enfants, je le laisse faire la route jusqu'à Délemont, puis je l'appelle. Il est dans un état de nervosité incroyable, il hurle, je lui demande de ne pas s'adresser à moi sur ce ton...

-« Je t'aime merde ! Je t'aime mon amour ! Voilà c'est dit... »,

Je reste sans voix, nous passons plus d'une heure à parler, nous raccrochons tard dans la nuit, il me déroute un peu parfois l'Oli...Nous échangeons des SMS...
Les mêmes qu'il y a seulement une dizaine de jours, des mots passionnés comme si nous ne nous étions jamais quittés.

Le lendemain, je retrouve enfin l'homme que j'aime, drôle, attentionné, il m'inonde de messages plus tendres les uns que les autres, nous passons la nuit du 31 à échanger des mots d'amour.

Nous apprendrons, Nico et moi, quelques jours plus tard, qu'Olivier était ivre lorsqu'il à conduit E. au spectacle de danse.
Il s'est jeté sur son père, a insulté sa mère, puis a fini par s'en prendre à ses deux autres

enfants. K, bien-sur a trouvé très judicieux de venir le rejoindre, saoule comme une grive,

Elle s'est écroulée dans les chaises au milieu de la représentation.

Elle a également poussé Olivier à déposer une plainte contre sa famille.

Nous sommes effarés, Olivier ne pourra jamais s'en sortir, sans s'en apercevoir il a tendu le bâton pour se faire battre.

Par la suite, nous parlons quelques fois au téléphone. Il me supplie de lui envoyer son dossier et son certificat.
Je m'exécute, et j'envoie le tout en recommandé en « poste restante » à Porrentruy, les documents ne seront jamais retirés.

Je les reçois en retour, je ne les réexpédierai jamais.

Je me ferme aux provocations de K, je tourne la page.

Olivier me connait. Il sait exactement qu'il y entre lui et moi quelque chose d'indestructible.

Il sait aussi que je serai là s'il a besoin de moi, et que je l'aime malgré tout.

Je décide de me replonger dans le travail, et de voir des amis.

Depuis l'automne, je corresponds, avec un type sympa qui était en 5ème avec moi.
Il est plutôt gentil, divorcé, deux fils.
C'est son côté très cool qui m'attire, parce que physiquement il n'est pas mon genre du tout.

Nous apprenons peu à peu à nous connaitre, mais Hubert est très distant presque froid. Il se dit musicien, il ajuste en fait des airs connus sur des ordinateurs.

A priori, il ne me semble pas plus talentueux que cela.

Nos conversations deviennent un peu coquines.

Nous échangeons quelques fantasmes, il rêve de partouzes, de déguisements et de jeux de rôles.
Il ne m'excite pas, tout en lui n'est que frustration.

Lorsque nous « chattons » ensemble, il a cette façon d'écrire « cucu », au lieu de « coucou » qui m'exaspère.
Je trouve cela ringard, et terriblement vulgaire.

Il ne parle pas de coquineries, mais de cochonneries…

Mes clients de 75 ans sont plus jeunes que lui.

Après les fêtes, il m'annonce un soir qu'il est à Paris, qu'il compte sur moi pour nous trouver un hôtel.

Ca fait des semaines que je chauffe ce type, je peux difficilement me désister.

Je me console, puisqu' un ami commun doit également nous rejoindre.

Nous nous retrouvons dans un bar près de la Gare Saint-Lazare.
Décidemment, Il n'est vraiment pas très beau : taille moyenne, un peu enrobé, blond, très dégarni, il porte des lunettes très moches.

Nous discutons un peu de tout et de rien.
Je lui trouve un air suffisant pas sympa du tout !

Nous prenons le métro pour rejoindre notre hôtel, et à la réception, Hubert me fait régler la moitié de la note…ça commence bien…

J'ai envie de rire, mais surtout de fuir, une envie incroyable de rentrer chez moi.

Notre chambre est en fait un petit studio. Hubert ne fait rien pour me mettre à l'aise.

L'ami qui devait nous rejoindre l'appelle. Il ne lui dit même pas que je suis près de lui.

L'ami en question me dira d'ailleurs par la suite que s'il avait su que j'étais là, il se serait débrouillé pour venir.

Sacré Hubert, tellement nombriliste qu'il est persuadé que seule sa petite personne motive les déplacements de nos amis.

Nous décidons de sortir, il me précise qu'il faut que je m'achète des tickets de métro, parce que sinon il n'en aura plus pour lui…J'adore son style…une classe folle…

Nous descendons à la Bastille, et allons prendre un verre.

Je règle la moitié de l'addition... Quelle élégance cet Hubert !

Il porte une chemise à carreaux verte, un pull démodé, on dirait un provincial endimanché monté à la capitale...

Nous nous engageons rue de la Roquette dans le but de trouver un restaurant, je meurs de faim et j'ai envie d'un bon repas.

Je pense à « L'éléphant bleu », ou encore à « L'Angéla ».

Nous rentrons dans un établissement sympa mais bas de gamme, je ne trouve pas ça bon du tout, Hubert s'enfile des verres de blanc, et trouve le repas excellent, l'endroit très chic.

Il me parle de son ex-femme.
Il me raconte que lorsque cette dernière dormait, elle mangeait ses « crottes de nez »...C'est hallucinant...il joint les gestes à la parole ...Il est ridicule.

Une femme d'une soixantaine d'années assise à la table d'à côté le regarde effarée...

Je lui adresse un sourire complice, elle me fait un clin d'œil…

Il n'en finit pas ce diner, et quand enfin arrive l'addition, je règle la moitié des 65€…

Quel festin !

Hubert décide que d'aller boire un dernier verre et miracle me l'offre.

Nous rentrons à l'hôtel.
J'ai terriblement mal au dos et je lui demande de me masser, je sors de la salle de bain, il a éteint les lumières et me lance un très romantique.

-« Je suis à poil moi ! ».

Je porte un body noir, hyper sexy, il ne le verra même pas !

Son pseudo massage est à son image, fade, flasque, sans aucune sensualité.

Il pétrit mon dos et mes fesses d'une main molle. Il me fait presque mal.

Il s'est tellement vanté d'être « un coup d'enfer », que je me dis que maintenant que je suis allongée près de lui, je serais idiote de ne pas en profiter.

Je me retourne, et j'entreprends de le caresser.

Sa queue est fine et courte, j'ai l'impression que même son érection est molle.

J'essaie de l'embrasser, il agite une langue pointue et sèche sur mes lèvres…c'est une horreur !

Il écarte mes cuisses et il me lèche, enfin disons qu'il passe sa langue pâteuse sur mon clitoris.

Je ferme les yeux, je pense à Olivier.

Je me souviens de la façon divine qu'il avait de prendre ma vulve dans sa bouche, de me pénétrer avec sa langue.

Je me dis qu'en me concentrant sur mon bel amant suisse je vais peut être mouiller un peu. Hubert me colle sa petite queue molle dans la bouche, puis se présente pour me pénétrer, je lui suggère de mettre une capote, il n'en a pas bien sur.

Je lui tends un préservatif, il peine à l'enfiler, en fait il nage dedans…C'est un gag !

J'ai beau contracter mon vagin au maximum, je ne sens rien. Il donne des petits coups de reins saccadés. Son haleine m'indispose.

Soudain, il se retire, il a perdu la capote, il s'agenouille près de moi, prend sa petite queue toute fine dans sa main molle, et se branle… J'ai la nausée…Il éjacule … ouf ! C'est terminé !

Le dimanche matin, il ne me dit même pas bonjour.

Nous prenons un rapide petit déjeuner et quittons l'hôtel.

Je lui dis que j'ai très mal aux pieds, que j'ai des ampoules énormes, il me répond qu'il a envie d'aller à pieds jusqu'à « sa gare ».
Je n'en peux plus !!!

Il me parle à nouveau de son ex-femme.

Elle a écrit un livre et il ne supporte pas le fait qu'elle ne lui ait pas fait de dédicace !
Mais au non de quoi mon pauvre Hubert ?

Lui as-tu dédié l'une de tes musiques ?

Ce type est puant...Je marche à ses côtés, il est toujours aussi mal sapé, et en plus il porte une casquette monstrueuse...J'ai honte !

Nous arrivons devant SA gare, je repère un taxi, libre, j'ouvre la portière, je dis à peine « au-revoir » à l'odieux Hubert et je me sauve...

Enfin je respire.

A Saint Lazare, je m'offre un repas hyper cher, je me régale.

De retour chez moi je décide de couper les ponts avec l'horrible Hubert. Je raconte ma mésaventure à nos rares amis communs et nous en rions ensemble.

Ils sont à peine surpris, Hubert transpire la suffisance et la prétention.

Nous devons Nicolas, Stéphane et moi, boucler un maximum de dossiers en ce mois de février.

Je m'installe à mon bureau...

Je contemple une photo d'Olivier.

-« A quoi penses-tu Doc ? ».

Nicolas m'observe, presque tendrement. Je lui tends le cliché d'Oli.

Il s'en empare...Il le regarde longuement.

-« Tu sais j'ai beaucoup correspondu avec lui. Nous étions devenus complices. Je suis convaincu que tu occupes toutes ses pensées. Il t'aimait de toutes ses forces, ça je peux te l'assurer. ».

-« Je ne comprends pas Nico...Qu'est ce qu'il nous est arrivé à Oli et à moi ? Nous étions dingues l'un de l'autre ! ».

Il se lève et s'approche de moi. Il passe sa main dans mes cheveux, et comme autrefois, il remet un peu d'ordre dans mes boucles.

Je me redresse à mon tour et vient me blottir contre son épaule.

-« Serre-moi fort Nico ! Je vais en crever ! Je l'aime… ».

Nicolas s'exécute, il referme ses bras autour de moi.

Je laisse exploser mon immense chagrin sur la chemise blanche de l'ex homme de ma vie.

-« Oui voilà, pleure mon bébé, laisse toi aller… ».

Il m'écarte un peu et pose doucement sa main contre mon cœur…

-« C'est là que tu as mal mon pauvre amour ? ».

Je prends sa main, la porte à mon visage.
Je caresse ses doigts du bout de mes lèvres.

Je plonge dans son regard bleu.
Je suis soudain envahie par une bouffée d'émotion.

J'avais oublié au fil des années, l'infinie douceur de Nicolas.

Cette façon unique qu'il a de me regarder en souriant.
J'avais oublié la chaleur de ses mains, l'odeur poivrée de sa peau.

Peu à peu je me laisse de nouveau allée contre lui...

Je sens son cœur battre la chamade.
Il penche son visage vers le mien, je lui tends mes lèvres...je ferme les yeux...
Nicolas passe sa langue sur ma bouche...Notre baiser est tout simplement divin, interminable.

Comme autrefois je me hisse sur la pointe des pieds. Il s'en amuse, et me soulève tendrement.

-« Vous embrassez toujours aussi bien ma chère collègue... ».

-« Je vous retourne le compliment mon cher confrère... ».

Nous éclatons de rire ensemble. J'ai l'impression de ne pas avoir vu rire Nicolas depuis des années.

-« Dis-moi Princesse, que penses –tu d'un repli stratégique vers notre Normandie ? ».

-« Je pense, Monsieur que c'est une excellente idée… Emmenez-moi loin de Paris, loin du Cabinet… Loin de tout…Vous et moi…seuls au monde… ».

Nous quittons le bureau tendrement enlacés.

Le soleil illumine la rue de Charonne.

Nicolas me colle contre la porte d'un immeuble, il m'immobilise et prend de nouveau ma bouche…Je retrouve sa fougue…Ses gestes tendres…

Nous rejoignons sa voiture la main dans la main…Les passants nous regardent en souriant.

Il m'ouvre la portière de son cabriolet. Il démarre en silence. Tout le long de la route je le regarde conduire.

C'est un très bel homme. J'aime sa classe, son élégance…Il porte un jeans noir, une chemise blanche ouverte sur son torse bronzé et un blouson de cuir noir.

-« Pourquoi tu me regardes comme cela Doc chérie ? ».

-« Pour rien…je te trouves super beau ! ».

Il éclate de rire…

-« Super beau…Dit-elle… ».

Nous arrivons enfin et pénétrons dans sa propriété…

J'aime sa maison, tous ses objets qui lui ressemblent tant. Au dessus de la cheminée, je remarque un portrait de moi.
Nous l'avions fait faire il y a une vingtaine d'années par un artiste à Montmartre.

-« Champagne Miss ? ».

-« Avec plaisir Nico, merci. ».

Il vient s'installer près de moi dans le sofa, je porte ma coupe de champagne à mes lèvres.

Nous buvons en silence, les yeux dans les yeux…

-« Pourquoi tu m'as quitté ? ».

-« Tu es gonflé Nicolas parfois… Je t'ai quitté parce que tu me trompais…Je ne supportais plus tes conquêtes. ».

Il prend ma main.

-« Je t'ai trompé deux fois, je t'ai toujours dit la vérité, tu exagère un peu non ? ».

-« Et bien c'était deux fois de trop. Tu n'avais qu'à réfléchir avec autre chose que ta queue ! ».

-« Je m'en veux beaucoup tu sais. Je ne me suis jamais pardonné, ni de t'avoir fait du mal, ni de t'avoir perdu ».

Il penche légèrement sa tête sur le côté, je caresse sa joue…

Soudain, il enfouit son visage dans mon cou.

-« Je te demande pardon mon amour…Je t'aime toujours autant…Si tu savais comme je t'aime ».

-« Je sais Nicolas, mais c'est du passé, ne t'en veux pas…ça ne sert à rien ».

Sa tristesse me brise le cœur. Je prends son visage dans mes mains…je le regarde longuement en souriant, et vient me lover tout contre lui.

Je passe ma langue derrière ses oreilles, puis dans son cou. Il caresse ma nuque, je sens ses doigts courir le long de mon dos.

Je déboutonne sa chemise, puis son jeans…Je lèche son torse…Je glisse ma main dans son boxer et libère lentement sa verge.

Je caresse son gland du bout de la langue…

-« Mais que faites vous Madame ? ».

-« Je m'apprête à vous faire l'amour Monsieur…Pourquoi ? ».

-« Pour rien mon amour, continue, c'est trop bon… ».

Il s'allonge dans le sofa, retire son jeans, son boxer, et sa chemise...Et balance le tout au beau milieu de l'immense salon.

Je l'imite aussitôt...je me retourne, je prends son sexe dans ma bouche tout en collant ma vulve contre ses lèvres.

Il mordille doucement mon clitoris, je sens sa langue qui me fouille, ses doigts entre mes fesses.
Je lèche sa queue, ses couilles...Je me redresse lentement, je lui offre mes fesses et e sens son doigt me pénétrer.

Je le reprends dans ma bouche. Sa langue est au fond de moi...Je n'en peux plus...

Nous jouissons longuement ensemble, je le reçois au fond de ma gorge.
Je me retourne de nouveau et viens m'assoir sur son ventre.

Il me regarde en souriant.

-« Ce que tu peux être bandante, tu suces comme une déesse... ».

Je reste encore un long moment allongée sur lui. Soudain, il se redresse, me soulève dans ses bras.
Nous traversons le long couloir qui mène à sa chambre, il me dépose délicatement sur son lit.

Nicolas me fait l'amour lentement, tendrement…C'est délicieux…Nos ébats n'en finissent…Je m'endors au petit matin, épuisée contre son épaule.

Vers Midi, il me réveille en déposant sur mon corps une multitude de baisers chauds et sensuels.

« Bonjour Princesse, bien dormi ? ».

« Oui, divinement…et toi ? ».

Nico s'assied sur le bord du lit, il passe une main dans ses cheveux…Je l'observe en silence.
Soudain, il se tourne vers moi :

-« Tu faisais l'amour avec qui cette nuit ? Dis-moi un peu… »

-« Tu veux quoi ? La vérité ? Ou je romance ? »…

-« La vérité…Je préfère… ».

Je prends sa main…

-« Je vais tout t'avouer…j'ai fait l'amour avec toi…Mais aussi avec Olivier…tu es fâché ? ».

Il éclate de rire…

-« Bien-sur que non…j'apprécie ta franchise… ».

Nicolas me regarde tendrement. Il y a tellement d'amour dans ses yeux…

Je me rends compte qu'il aura toujours une place privilégiée dans ma vie, qu'il compte énormément pour moi.

J'ai beaucoup de chance finalement. J'ai aimé avec passion deux hommes exceptionnels.
Nicolas, si sur de lui…Si brillant…Si doux…Présent à jamais dans ma vie…

Et Olivier…Olivier, sa fragilité, sa fierté…Olivier, que je rêve de savoir heureux enfin…
Olivier, si tendre, si généreux, si amoureux…

Mon Oli...celui qui m'a tant fait rire...Qui m'a tant fait rêver...Celui qui me manque encore souvent...
Mon Oli...Celui que j'aimerai encore désormais en secret...

© 2011, Rebillet
Edition : Books on Demand
12/14 rond-point des Champs Elysées
75008 Paris
Imprimé par Books on Demand, Allemagne
ISBN : 9782810615056
Dépôt légal : avril 2011